我想和你虚度时光

DREAM AWAY OUR TIME

李元胜 著

重庆大学出版社

作 者 手 稿

我想和你虚度时光

我想和你虚度时光，比如低头看鱼
比如把茶杯留在草上，离开
浪费它们好看的阴影
我还想连续地一起浪费，比如散步
一直消磨到星光满天
我还要浪费风起的时候
坐在走廊发呆，直到你眼中乌云
全部被吹到窗外
我已经虚度了世界，它经过我
疲倦，又像从未被爱过
但是明天我还要这样，虚度
满目的花草，生活应该像它们一样美好
一样无意义，像被虚度的电影
那些绝望的爱和赴死
为我们带来短暂的沉默
我想和你互相浪费
一起虚度短的沉默，长的无意义
一起消磨精致而苍老的宇宙
比如靠在栏杆上，低头看水的镜子
直到所有被虚度的事物
在我们身后，长出薄薄的翅膀

C O N T E N T S

卷一

我 想 和 你 虚 度 时 光

C O N T E N T S

CONTENTS

卷 二

要 是 人 是 玻 璃 做 的

CONTENTS

CONTENTS

卷 三

每 年 都 应 该 写 一 首 关 于 春 天 的 诗

CONTENTS

我 想 和 你 虚 度 时 光

30

/

首

我 想 和 你 虚 度 时 光

我想和你虚度时光，比如低头看鱼

比如把茶杯留在桌子上，离开

浪费它们好看的阴影

我还想连落日一起浪费，比如散步

一直消磨到星光满天

我还要浪费风起的时候

坐在走廊发呆，直到你眼中乌云

全部被吹到窗外

我已经虚度了世界，它经过我

疲倦，又像从未被爱过

但是明天我还要这样，虚度

满目的花草，生活应该像它们一样美好

一样无意义，像被虚度的电影

那些绝望的爱和赴死

为我们带来短暂的沉默

我想和你互相浪费

一起虚度短的沉默，长的无意义

一起消磨精致而苍老的宇宙

比如靠在栏杆上，低头看水的镜子

直到所有被虚度的事物

在我们身后，长出薄薄的翅膀

2013.4.20

那 些 未 能 说 出 的

夏天，写过最炽热的段落

冬天，逗留在它沉闷的尾声

我在一个词和另一个词之间

犹豫，它们的距离有多远

我心中的深渊就有多深

秋天太短，短得就像一个人的转身

来不及寄出的信纸

沿街飞舞，那些未能说出的话

每一天都在重新组合

就像散步时，天空变幻的树枝

同样短的还有春天

就像一个耀眼的信封，里面

折叠炽热和犹豫

却没有任何具体的内容

多数时候，我是没写出的部分

不在信纸也不在信封里

我是信开始前，那激动的空白

我是诉说的喧哗下面

河床的深深沉默

2013.4.20

5

黄　石　短　章

这一个自我，最根本的有两条

一为自卑，一为欲念横生[1]

我想象他的轮椅，如果沿着磁湖缓缓而行

那两个轮子，会不会有更多的牵扯

他心中，那些远比我们更多的

经过冶炼的金属，会不会更容易

感受到沿途的呼喊[2]

这是一个更适合衡量自我的地方

我这自燃着的熔炉，有星星点点的铜花

也有尚未炼成的铁[3]

深夜燃烧的自卑和欲念

消耗着白昼带来的素材，而这一个自我

要冶炼到什么时候

才能像西塞山前的白鹭，滑翔

在世界的镜子之上

2013.4.20

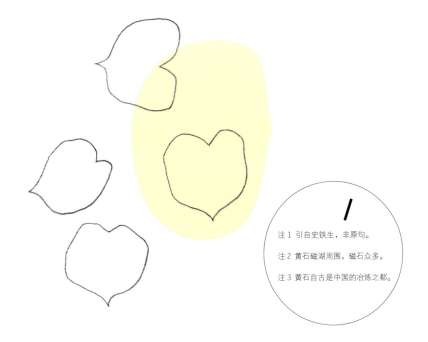

注 1 引自史铁生，非原句。

注 2 黄石磁湖周围，磁石众多。

注 3 黄石自古是中国的冶炼之都。

交　　　谈

在这个美好的夜晚，我想

谈笑料般的往事，有污迹的旧信

溅满当年的泥泞，我想谈被删去的傍晚

无数齿轮曾在空气中激烈地转动

我想谈那些没能治愈的时间

久未拜访的破旧小屋

通往昔日的崎岖小路，现在星斗满天

还有机会，它们渴望着

被我们重新雕刻一遍

2013.5.26

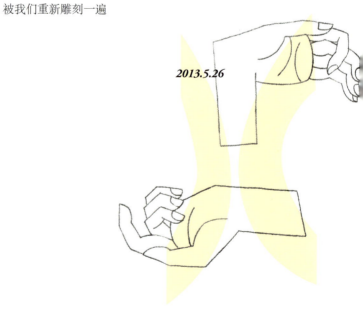

湖　　畔

湖水发呆，它有无穷多件冰凉的衣服

蓝天发呆，它想合上纤长的睫毛

空气发呆，它露出了宣纸的质地

我在思考这是怎么回事

无缘无故，一粒种子在豆荚中颤栗

它也一半是疯狂？一半是银河的寂寥？

我在思考这是怎么一回事

我本来是经过树林的光线

无缘无故，却突然有了中年的肉身

2013.6.24

花　　　地

微风起，远处一层碎银

傍晚很美，只是无须描述，也无从收拾

世界沿着湖面，缓慢地折叠时间

不考虑我们是否悲伤，也不考虑

我们是否正走过坡顶，逗留于那片好看的花地

2013.6.26

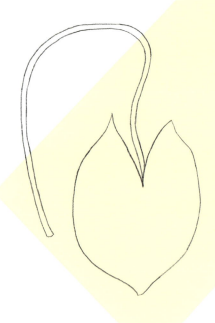

低　垂　之　美

野百合花有着低垂之美

桔梗迎着晨光，露出它精心炼制的蓝色

栝楼开得披头散发，心不在焉

一切如此惊心动魄

这个星球，带着如此多的花朵转动

难道没有什么理由

浓雾中，另一个世界

通过它们敞开了窗子

2013.7.1

2014.2.16 改

清 晨 的 水 潭

每一个早晨，每一次别离

我都好像阔别了很久

我有如此众多的前世

它们像花边也像涟漪，颤栗

在水潭的四周，中间

永远是这透明的动荡

黑暗的花朵

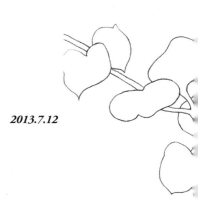

2013.7.12

书　房　偶　记

漫长的冬夜开始了

这是离古代最近的时候吧

独坐室内，像一盏灯

勉强照亮一本旧书

但远不足以照进那些缝隙

就是说，有些楼梯

在一本书里也是看不见

没有说出的都漆黑着

经过了几个世纪

仍然漆黑着，让园子里的热闹

格外意味深长

唉，还不如背着手走开

不如在心里复习张旭的狂草

它毫无顾忌，说出了一切

第一遍是一曲豪歌

第二遍是一场痛哭

2014.1.5

15

落　日　赋

像最后一刻那样呼吸

空气，颤栗如薄薄的黄金

像最后一天那样凝视

落日沉重地落进眼眶

像回忆一样散步

像诀别一样地爱你

所有的时间，叠印着你的影子

仿佛不断冰结的水晶

因为每天，我都经历一次死亡

每天，我只是有可能

和朝阳一起再次出生

我回来，仿佛是为了那些茶叙

它们如此之美，经得起奇迹般的相逢

经得起轮回般的生死

2014.2.2

和 优 雅 的 人 喝 茶

和优雅的人喝茶

才算是喝茶

和风趣的人聊天

才算是聊天

越来越迷恋这样的距离感

我真的是颓废了

就像收罗了一堆书

满心欢喜，却从未深究它们的内容

噢，谁说一定要深究内容呢

买书有时只因喜欢它们的设计

2014.2.8

黄　　昏

黄昏是黑夜之前

一段很短的路

人生是寂静之前

一段很短的路

我们留下泛黄的照片

激动和笨拙的文字

我们留下用旧了的世界

它在变暗——

仿佛被遗弃的蝉蜕

2013.2.9

只 有 星 空 保 持 着 永 恒

生活在一天天变小

正如当年它一天天变大

那时地名人名涌来

眼前层层叠叠的浪花

如今一切变旧、变轻

变得无关紧要

就像现在，世界

缩小成一盏灯的大小，时光

缩小成睡前的这几分钟

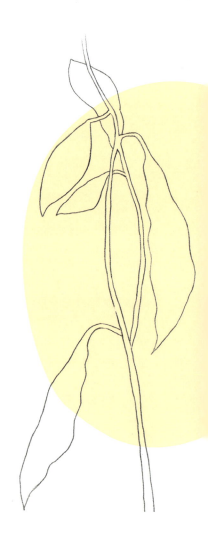

辽阔的风景，缩小成

眼角的不易察觉的潮湿

世上安静很多，城市的喧哗

缩小成一个人的心跳

我们在变小，在告别

只有星空保持着永恒的大小

仿佛永远充盈，仿佛

没有过生活，一切从未存在

2014.2.9

深　蓝　色

我平躺着时，是白色的

对折过来时是蓝色的

奔跑的时候，颜色无法确定

就像一场雨

只看得到飞溅的水珠

但是如果我对折过

再平躺，我就是灰色的啦

春天回来时

我连灰色都不再是

泳池的边缘仿佛分界线——

水那边是湖蓝色

我这边是深蓝色

就是这样，世上又多了一个

折痕很深的人

2014.2.16

菜　阳　河　上

我曾逐字逐句地

推敲这部沉醉之书

曾经，一棵树又一棵树地

研究它的严谨篇章

这里是阴郁的世界

枝条上，有精致的生命

也有更精致的猎杀

但是小路牵着我

来到另外的场景中——

花朵们像酒杯，摆上春天的桌子

来啊，一生碰一次杯

然后我们永不相见

忘记我的推敲吧

在菜阳河，树巅之上

雨林终于不再真实

是的，它只是幻想之物

沿着山谷，看得到清晰思路

看得到精彩的即兴发挥

然后云起了，抹去了所有

荡气回肠的段落都消失了

一切变得无穷大——

这就是整个宇宙

一瞬间，它就收集了

足够多的生死

而打磨它们需要漫漫长夜

忘记我的推敲吧

雨林有着自己的沉默

自己的激动和朗诵

有时，在这个星球的边缘

我看到它的藤条

看到它打磨出的露珠

2014.2.22

我 需 要

我需要激烈的一天

悲伤的一天，狂喜的一天

充满奇迹的一天

需要用一年来回味的一天

我需要激烈的一年

狂奔的一年，沉醉的一年

充满暴雨和巨浪的一年

需要用一生来平静的一年

我漫长的一生

需要这一天的颜色

需要这一年的曲线

我需要这些激烈的颜色和曲线

从日落到日出，从春天到秋天

时光就像一架巨大的钢琴

把它们反复演奏

永不停息

2014.3.5 改

给

风还在徒劳地吹着我

我不是单独的，我属于一个类型——

狂热的心，羞涩的笔

生不逢时的身体

它们在一张纸上彻夜辗转

在一本书中熟睡

必定在另一本里醒来

时光的尾巴拖过

我用迷茫，爱你的清醒

用距离，爱你的漫不经心

直到这些爱沉睡成纤维

由你重新编织

你的清醒是美的，漫不经心是美的

编织也是美的

当然，也是徒劳的

曾经我通过接纳你

接纳这个世界

如今，我尝试通过原谅你

来原谅那些风，原谅

那些辗转反侧

2014.3.17

小　　路

我熟悉它的开始和尽头

也熟悉中间的分岔和转弯

我还知道，先是迎春

接着是蒲儿根，然后是棣棠

黄色的花朵就像从未凋谢

只是在它们之间传递

每次传递，都会发生奇异的变化

它就像铅笔勾出的轮廓

被一再推敲、涂改

我记得它的所有版本的画稿

都很安静，有着平庸的美

我想走得慢些，再慢些

再一次开始、分岔和尽头

让我在迎春、蒲儿根和棣棠

之间变化、旅行

让我呼吸虚空中的线条，带着欢喜

一想到我也会死亡

世间的万物立即焕然一新

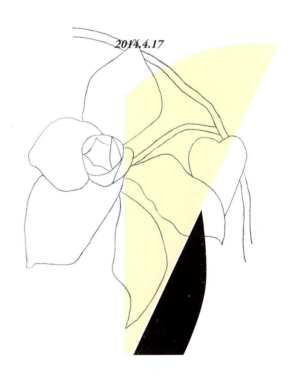

2014.4.17

31

青 龙 湖 ， 雨 中

挽着一场小雨散步

同时也挽着水珠、记忆中纷乱的线条

只用了半天，我就高一脚低一脚地

完成了编织

天空上悬挂着曾经的青龙湖

透明的躯壳里，湖水摇晃着

一张张逝去的脸、翅膀以及

我们茫然无措的爱

在幽暗的小院中，我仰着脸——

一切依旧美好而残忍

我离开，小路便松开

它紧握的所有树枝

青龙湖缓缓下降

回到现在锈迹斑斑的位置

它拒绝了所有的修改

以一颗深谙世故的浑浊之心

2014.6.1

过 溉 澜 溪

像抽泣一样，缩着肩头写诗的人走了

像生病一样写诗的，也走了

带走了他们的老虎

他们留下的诗，像发亮的锯条

加入到众多的来回中

继续锯着这个世界

这条老街，飞扬着木屑

我们一起坐过的茶馆，失去了阳台

那个沉默的老板

锯得只剩了一半，仍然沉默着

谁还在这世上真正疼痛着啊

他们已经无所谓了

骑着各自的老虎

要去一首诗的最高处吃酒

我还需要继续，慢慢享受人间的这一杯

享受和生活的摩擦

用我的渐渐发热的锯齿

2014.6.3

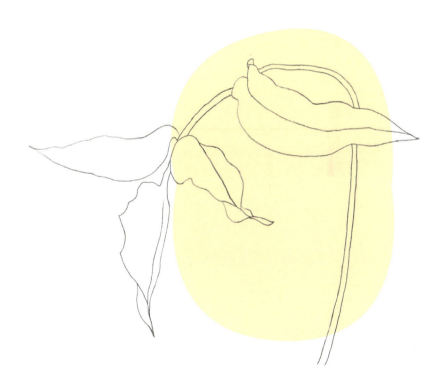

川 河 盖

这些开着的花

是性的伤口

有的疲倦，有的惊喜

小路的存在

只是为了笨拙地把它们缀接起来

当我站在川河盖的边缘

啊啊，所有收集野花的小路

都在汇聚

都在穿过我

在这辽阔高空

只有我

只有我是唯一的针眼

2014.6.8

注：重庆秀山一处高海拔草场，
当地把高海拔地区称为盖。

六　月　醉　书

涌上来了，那些燃烧的田野

每一粒苞谷中，都有我在清朝打翻的酒杯

有我踉跄的脚步

我要死死地压住你

唐朝的繁花，民国的镰刀

除了收割我们不能相逢

刀光里有我们的青春、中年和暮年

而来生不一定有你

你走近的每一步，都晃动着我和星空

让所有美好的头颅

都扔下浑浊的身体吧

扔下那些岔路，那些写错的诗句

我要死死地压住你

收割是诀别

更是反复而疼痛地回来

剩下的时光，就像一根旧绳子

还来得及，让我们扎好一切

让它们具有稻草垛的秩序和形状

2014.6.8

田 野 铺 开 微 微 反 光 的 纸

田野铺开微微反光的纸

水稻开始写字

写得规矩，写得压抑

仿佛屏息临帖，每笔都是颤栗的哀歌

每个字都有轮回的酸楚

写啊写啊，田野千古不变地

复习着水稻的一生，我们的一生

摔碎又重新拼合的镜子

空气中充满了笔画

40

仿佛先人的骨头，坚硬地戳过来——

我只好把自己的骨头迎上去

写啊写啊

一直写到我身上的汉朝醒了

宋朝也醒了，连私奔到扇子上的花鸟也醒了

连碗里的米饭也醒了

我正想说啊不，它们甜蜜的牙齿

已经碰到了我的牙齿

2014.6.9

昼　夜　之　间

白昼是上升的树

穿过我的手指和键盘，上升

它模仿了带着漩涡的河流，

书页翻动，来自图书馆深处的冲刷

被突然照亮

上升，穿过我头顶上的房屋

很多邻居的家，天空上面的天空

地壳，连同上面阴郁的城市

它觉得我就是它的河床

上升，并摊开众多的树枝

这是我从你那里带走的闪电

它欢喜地喊道

全然不顾我纠缠在生活中

手忙脚乱的样子

2014.6.15

栅 栏 的 另 一 边

我喜欢在湖边写诗

每一个词，都有潮湿的出处

仿佛站成一排的水鸟

它们看得见，从唐朝荡过来的秋千

我爱它们的古老出处

相信我的出处，同样古老

我爱这些古老楼梯，旋转

构成包围着我的庸常时光

这一生，是读旧了的剧本

这一年，只有衰老略有新意

它们来了，我伸出了手

中间隔着我的身体，这古老的栅栏

2014.6.16

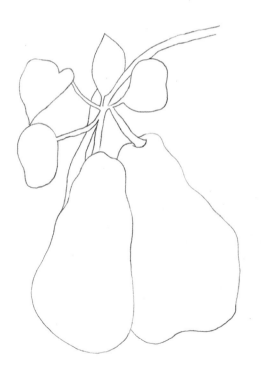

少 数 花 园

空调弯曲的管道

吸着空气中的金属

吉他的金属，阅读者的金属

道路发着光亮，在书架的上方

在整个房间里穿梭

这个昔日的车间，让经过它的时光

变得弯曲

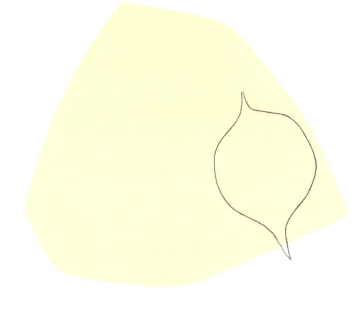

一对恋人深陷在一本摊开的书里

一个老人跟着乐队飘浮到空中

我们的一生每打开一次

记忆就增加一个簧片

多数时间，它们不是被弹响

而是被悄悄拧紧

这该是多带劲的事，我们一起阅读

一起弯曲，一起

在万物中放下我们拧紧的闹钟

2014.6.24

窗　景

我沉浸过的喜悦，保持着

最初的山坡的形状，但它缩小着

从整个山坡，到一小片松林

最后到一根低垂的松枝

我忘记过的忧伤，却边缘模糊

不断扩大，仿佛无处不在

像黄昏升起的雾气

无法整理成任何具体的形状

从暮春到暮春，无数的针

缝补着它们，不分昼夜

我的心，黑暗的抽屉

每次突然拉出，都足够让我紧张 ——

仿佛一切会瞬间消失

像河面流过的倒影，像虚构

沉甸甸的彩色玻璃球

在拉出的瞬间，变成气泡

而肉体，经得起生活

经得起喜悦，也经得起忧伤和缝补

它很有把握地肯定着一切

也许，心只是到达得慢些

要走的路太长，经历太多的坎坷

我早已回到房间

心还在去年的石阶小道犹豫

黄昏旁观着，它遮住了田野

像遮住我不愿展开的旧信

用这样方式，我继续维持着

抽屉里那些脆弱的平衡

2014.6.25

折　　断

折断一根树枝，也就意味着

折断一条安静的河流

意味着，折断一条街道

那些空中的漩涡啊

也就意味着，海水灌进窗户

空间倾斜

身体里四处传来玻璃破碎声

它们不再平行，往昔像一盏黯淡的灯

在共同读过的书中挣扎

熔岩从我们眼眶涌出

也就意味着，很多黄昏同时出现

它们交错，像巨大的船队

在你臂弯拥挤

一起折断的还有很多

眼前的景象，一封被撕开的信

被折断的歌曲和田野，带着金属的伤痕

唯一不便折断的

是我们之间的距离，我们要表达的爱

不在这一切中，甚至也不在

别的意外悲伤中

2014.7.6

彩　云　湖

我在这里有过两次散步

第一次是逆时针，第二次是顺时针

两个我这样走着，带着不同的沉思

围绕着深不可测的湖水

但我们从未会合，也从未交错

时间隔开了所有有趣的事情

我的脚步牵动着湖水

成叠的唱片，转动在幽暗深处

第一次转动，有低沉的金属

第二次转动，有发亮的丝线

从未会合，也从未交错

但是，我们在同一个湖里交换了金线

2013.11.1

2014.7.9 改

笑　　忘　　书

我们之间隔着时间，就像

早晨和正午之间，隔着突然的雨雾

来到和离开，构成同一张纸

我们是彼此的背面

中间是不著一字的空白

而撕开时，它比想象的更结实

在爱和忘却之间，这么快

竟有了如此多，疼痛的纤维

我把自己撕开了，大部分留在初夏徘徊

小部分挣扎向前

车穿过熟悉的路，熟悉的倾斜

熟悉的颠簸，我们之间隔着这么多的熟悉

就像隔着，一本读过又必须忘记的书

2012.7.14

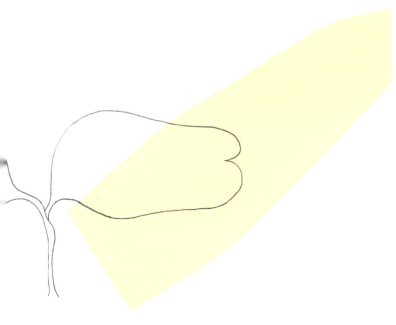

卷 二

要 是 人 是 玻 璃 做 的

36

/

首

透 过 云 层 的 阳 光

透过云层，旷野上的一切

都被阳光拉得又斜又直

我发现吹着口哨的自己

其实站在巨大、透明的编织机里

细长的草叶，是一根绿线

排着队的蚂蚁，是一根黑线

喘着粗气奔跑的马，是一根白线

我呢，也是一根有些温暖的线

所有仍在呼吸的生命

都被纳入神秘的编织之中

我没有其他的线明亮

也并不比它们更重要

2002.5.13

58

此　　刻

我的门虚掩着

我的栅栏，木质的，十分低矮

我的边界模糊，几乎是不存在的

因而我走动

在此停留的客人，也一起走动

荆棘丛中，我挽着所有诗人的手

我说话，他们也在我的声带上发出噪音

2002.5.16

私　生　活

只有熟睡的人

才能开始自己的私生活

他拉出抽屉，一根细绳

紧紧捆住那些海滩、灌木丛

还有更多未被捆扎的微澜

还有更多，甚至无法塞进信封的惊涛

存在像一张纸一样对折过来

他发现，走过的所有道路

汇集成同一个夜晚

临睡前关掉的灯，相继亮起

每亮一盏，他就看见更多的楼梯，更多的漆黑

2002.5.18

关　于　诗

它要宽宽敞敞

让人可以随处坐下

它要有速度，有风景掠过窗前

让有的人发呆，有的人晕眩

它要颠簸着行驶，让人们

不得不紧紧抓住什么

它要有进口，让一些人拥挤着进来

它还要有出口，让另一些人

也可以抱怨着离开

2002.3.12

白 天 我 是 一 个 盲 目 的 人

白天我是一个盲目的人

站在高楼扶栏遥望

其实看不见去年、前年的自己

无法连在一起的白昼

一些露珠，在栏杆边缘颤动

四周是无边无际的虚空

但是，当夜晚来临

所有的年代，所有的黄昏

会通过熟睡中的我

连接在一起

包括我目睹过的海岸

包括李白的送别

包括时间的所有锈蚀

2002.3.21

丁 山 湖 的 早 晨

这里沉寂的场景，白昼的轮廓

不能比银幕上的幻影维持得更久

在旅馆简陋的桌上

一首未写完的诗，像一个缺口

把周围的空气和动静

悄悄吸走

湖水像一只幽暗的胃

无法消化它收集到的落叶

它们减弱了，但并不消失

类似于我们熟悉的

时间的沉淀

风的手指弯曲着

绕过正在谈话的我们

插进树林，插进小镇后面的原野

在镇口，我大口地呼吸着

急于从尚未苏醒的身体中跨出去

身边的雾气像一堆用过的棉球

经历了清理的田野仍在沉睡

带着回忆的疲倦

带着一股消过毒的酒精气味

2002.4.2

茶 楼 的 秋 天

时间错了，一天还未结束

另一天已经开始

我听到两个白昼尖锐的摩擦声

这是一个脱轨的黄昏

你派出去的鹿子

再也无法回到你的身体中

茶楼暗处，那些隐身者

转身的时候鹿角晃动

这也是一个治疗的黄昏

写作需要继续

生与死需要重新组织

空气像蜂蜜一样

正把破碎的一天重新粘合

但有更多的破碎我们无力关心

有更多的日子必须被遗弃

就像榕树的黄叶，只能任由它们

沉睡在窗外的水潭之上

2002.4.17

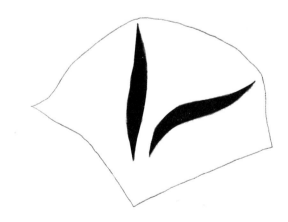

安　慰

在一个孩子挂满泪珠的脸上

有许多人的哭泣

就像一片瑟缩的树叶里

有整个森林的哭泣

哭吧，用键盘，用发疯的双手

哭吧，用尖叫，用窒息，用疼痛的肺

用汽车的轰鸣，用整条大街的沉默

仍在亮着的窗，仿佛红肿的眼睛

我的眼前的街区，正在收缩的地图

所有的哭泣汇聚在一起

由谁的手编织着，带着无限的温柔

哭吧，用这首短诗

2002.4.19

日　记

在你疾走的躯体中，另一个人

正缓慢转身

你们共同折断了某种东西

有一些疼痛，不能像牙膏一样向外挤出

有两个人，在众目睽睽下变成了蝴蝶

日记里充满了可疑的脸

盲目的路标

日记里充满了时间弄断的链条

它们的另一半，继续卡在我的身体里

我可以在半天里虚度数年

而半天，也只剩下这几粒药片

2002.4.29

孩 子 张 开 的 小 手 臂

那摇晃着站起来的孩子

跌跌撞撞走过来了

阳光照着他几乎透明的脸

他张开着小手臂

像是想要抱住什么

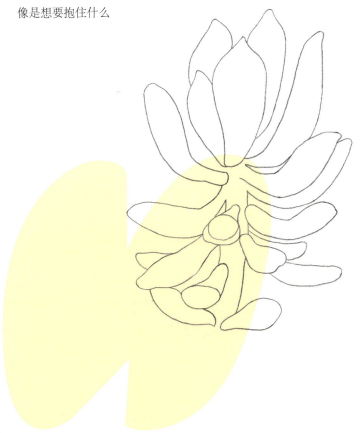

我敢说他张开的小手臂

比所有成年手臂加在一起

还要有力

所有吸引他的东西

花朵、楼房和整个人类

都被他紧紧地抱住

我们必须谦虚地

交出暂时管理的天空和大地

我们的骄傲要他来认定

而我们的恶行

也只有寄希望他能宽恕

2000.1.25

春 天 的 献 诗

第一头鹿子

是从你的眼睛里蹦出来的

第二头鹿子

一路嗅着你身上的花丛

当你侧过脸来的时候

第三头鹿子

用头轻轻顶着你

"从哪里跑出来这些鹿子？"

你的声音在春天里颤抖

"亲爱的，是你自己，你亲手

为它们打开了夜的栅栏"

让我为你长出鹿角吧

让我继续这样落后、抒情

反正秋天还早

而冬天，就更加遥远

2000.3.3

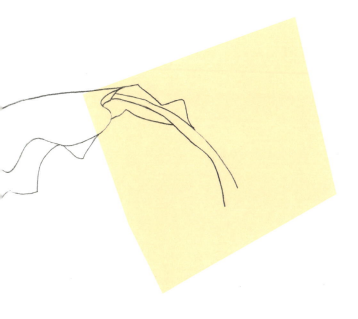

选　择

我选择微弱的

看不见火星的爱

我选择回忆，而不是眺望

像一座谨慎的博物馆

只把你的一切一切

在新的一天重新擦试、收藏

我选择躲避

一个人翻看冰雪之书

我的曾被春天的蜂群蜇痛的手指呵

我选择顺从

不是向命运

而是向因为回忆而繁茂的心灵

它在喃喃自语

像风中的树叶簌簌作响

2000.3.4

我 曾 经 问 过 自 己

我曾经问过自己

一个人需要经历多久

需要多少次

看着白天被抽走色彩

直到变成一丝泡沫

在黑暗边缘周围颤动

我一直试图明白

这一天被掏空的意义

等待的意义，苍老的意义

当我只能

无所事事地独自面对落日

更多的往事

是否会使我感到更充实

就像秋天的向日葵

因为密匝的葵花子而饱满　　　*2000.8.1*

如 果 你 试 图 爱 上 一 个 人

如果你试图爱上一个人

得学会把自己作为礼物

谦卑地交出

而自已还得完整地站在原处

你得学会吹拂和浇水

让你交出的部分

萌芽，穿过她神秘的躯体上升

并从眼睛里长出嫩绿的叶子

多数时候你不会如此幸运

现实远比电影悲怆

如果你试图爱上一个人

请随时准备

摔落进那一分钟漆黑的停顿

别问为什么，别试图了解

否则，你会遭遇

剥洋葱一样的过程

总有东西刺激你的眼睛

而且，会发现她有很多层

2000.8.5

风　景：　阳　光　下　的　长　亭

天空像一块发蓝的玻璃

它明亮的裂缝

散发着冰糖的气味

那个等待已久的年轻人

有些晕眩地笑了笑

他试图站稳脚跟

在一个姑娘形成的波浪面前

举着鸟笼的独身老人

从他们中间穿过

他感到自己的身体

撞上了一股又甜又腥的东西

整整一天

他都被卡在那一个瞬间

像一个蜷缩多年的纸团

被粗暴地展开

他必须面对真相

他不是一个悠闲的遛鸟人

时光已搜刮走了一切

他不过是一张

忘记了甜味的空糖纸

2002.1.13

通 常 我 都 坐 在 生 活 边 上

通常我都坐在生活边上

向另一边的人

描述里面的浪花

整个下午

我说得那么认真

他们笑了

说你的理智

不过是巨大的虚无包围着的

一小片现实

通常我都坐在生活边上

向另一边的人

描述里面的汹涌

整个下午

四周一片沉寂

只有越来越大的水声

把我回应

2001.4 改

要 是 人 是 玻 璃 做 的

要是人是玻璃做的

我将看到那些

幸福中间的裂纹

易碎的欢乐和坚硬的悲伤

同样晶莹

我将一直看到他的内部

看到投进里面的光

怎样经过复杂的折射

形成一片温暖的角落

看到迟钝的话语

怎样被耐心地磨出锋刃

看到心情

就像芦苇围着的池塘

为经过的事情吹起阵阵波澜

看到两种爱

不可重叠地旋转

在空中

像晚风中的两片树叶

但是不可能

大多数时候

我的眼睛并没有穿过什么

我只是靠猜测生活

2001.4 改

写 字 的 左 手

无意中，我注意到

我正在写字的左手

像一个弓着腰赶路的瘦子

时而一溜小跑

时而停下来，东张西望

岔路使他拿不定主意

此刻，他似乎成了另一个人

他走着，张望着，小跑着

他是如此坚定——

像是拖着一个庞大的骆驼

他信心十足地拖着我

要一起穿过诗歌小小的针眼

到世界的另一边去

2001.8.28

84

一　　天

他写下看见过的阳光

尽管在信笺周围

乌云翻滚

他向经过窗前的街道点头致意

他遥望晚霞

惊奇于它和爱情

有着如此相同的色彩

他抽出信

撕掉想要寄出的白昼

最后，他只剩下

一个需要重新推敲的夜晚

1998.4.11

在 夜 色 中 行 走

在夜色中行走

有时脚步会渐渐吃力

仿佛一张移动的拖网

里面的东西越来越沉重

这正是我所害怕的

到了早晨

如果松下肩上的网绳

谁肯接受

我满载而归的黑暗事物

1998.12.27

在 纸 上 走 路 是 危 险 的

像一场大雪之后

没有行人，也没有路标

一层薄薄的白色

你得踩到结实的地方

避开看不见的沼泽

迷失的人深陷在纸上

后来者会踩到他们的骨骼

或许正是这些骨骼

使纸变得结实

每一个走过来的人

应该深深感到幸运

1998.12.27

87

纪　念　的　空　别　针

这个下午

没什么值得特别纪念的

不过是风的手指

使劲地掏着这栋楼的砖缝

不过是楼上老人的破口大骂

突然中断，两分钟后

楼下的年轻人

恭敬地送上来他的牙齿

不过是一个孩子的哭

被风撕成一缕缕细线

又拉住所有竖立的耳朵

不过是情人牵着的手

在人面前，惊慌地松开

没什么值得特别纪念的

不过是这些司空见惯的手指

在下午的黑暗里摸索

在使劲地掏着我骨头间的缝

不过是我手里紧捏着的

这枚名叫纪念的别针

格外刺眼地空着

它不能别住这个下午的任何东西

风正把所有的内容

从它弯曲的夹缝里带走

1998.12.27

桑 树 在 北 风 中 熟 睡

桑树在北风中熟睡

如果紧握它的指节

我能感到大地的心跳

咚——咚——迟缓而有力

就像放大了很多倍的我的心跳

它紧闭的绿色的眼睛

来年春天将在所有枝条上睁开

不只是桑树，还有桉树、榕树……

不是一只，两只

而是成千上万，成万上亿

这个庞大的工作，年复一年

在从容不迫地进行

泥土的呼吸，就这样

一小块一小块地聚集在一起

同样是活着，我和它被什么隔开

我这块睡不着的土地

我的孤独的没有回声的心跳

来自它，却好像被谁的剪刀

彻底剪断了一切联系

1998.12.31

阅　　读

我喜欢从书的结尾

开始阅读，就像是避开大门

从僻静的地方翻墙入院

没有主人的盛情接待

我的心情反而自在

不讲规矩，也无需礼貌

有好的东西就朝嘴里塞

没有，立即转身溜走

我想主人会原谅我的举止

多数时候，我不想

带走什么，我只是想

找个地方呼吸呼吸

晒晒太阳

1999.1.8

可 以 弄 明 白 的 爱 情

当爱情用鸟的眼睛

看着你的时候

要画一些树枝

让它可以落脚

画一滴就要从树叶滚下的露珠

让它惊讶

再画一缕阳光

斜射着它的眼睛

让它迷惑又温暖

要画出浓密的树丛

在树叶里

隐约出现一只精致的小窝

让它探头探脑

想要看个明白

为了更有把握

把它留住

再画一个结实的鸟笼

把鸟和这些全部框住

1999.10.23

我 总 能 看 见

白天试着用各种不同的东西

敲打着我的眼睛

有时是一个人动坏脑筋时的表情

有时是混乱的街道

有时是惊慌窜过的学生

作为安慰

黄昏的暮色则像旧纱布

讨好似地缠绕过来

我想，疼痛的眼眶中

一定被敲打出了另一种眼珠

所以我总能看见

坐在你心中的另一个遮着脸的人

看见白天的裂缝中

积蓄着的沉沉夜色

1999.10.28

写 作 时 卸 下 的 黑 暗

写作了一整夜

我揉着眼睛，来到后院里

所有的窗口都亮着灯

看上去，这幢楼就像是纸折成的

又轻又透明

只有我顶楼的房间漆黑

呈现出真实的质感

那是我写作时

从心中卸下的黑暗

来不及消散

写作没能挽救我

但它防止了

我的生活过分戏剧化

1999.10.28

空　　白

我花了太多的时间

用来怀疑，用来否定

花了太多的时间

用来恐惧，用来不知所措

我花了太多的时间

用来反复试探

用来回避，用来忘记

用来计算流逝

所有庞大的花费

都被详细记载

在一生的账簿里

唯独短暂的爱

留下了刺眼的空白

是的，不管我回来

还是继续离开

始终带着那一段

永远无法填充的空白

1999.11.7

阅 读 的 时 候

阅读的时候

我会逐渐变成另一个人

缩在被窝里，就着灯光

另一个我已悄悄出发

趟着夜里的河水

瞧，我已经在异国上岸

在那里，我失足摔落进

别人的一生中

在那里，我的肺装满

另一个时代的浓雾

102

我读到的水在冲刷我

读到的树林在围拢过来

我目睹了心的燃烧

摸到了看不见的翅膀

我逐渐变成

另一个无所顾忌的人

一个赶路的人

但是这一切总会中止

在天亮前，我必须回到

用旧了的身体

回到那熟悉的空虚中

1999.11.22

信　　封

从每个黑夜

都可以抽出一个早晨

刚露出的白天

像是从信封里

抽出来半截的信

从每个浑浊的童年

可以抽出明亮的青春

但事情不都是这样

从美好的爱情中

抽出了发黑的信纸

从喧闹的白天

抽出了十倍于黑夜的罪恶

从生活的信封里

抽出了某人的一生

是不曾写下一个字的空白

1999.12.30

公　园　景　色

陌生的姑娘静静绣花

在公园的长廊下

隔着藤蔓

我看到她的长裙

和周围的景色

渐渐缝在一起

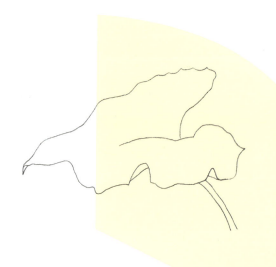

春天的事情竟会这样美丽

像阳光下的蝴蝶

她的手穿针引线

隔着开满野花的池塘

不知不觉中

也同时缝好了

我陈旧的伤口

1997.4.22

降　落

飞机开始下降

像是经过了一次幻想

大地上的斑点

正在变大，包围过来

重新成为我的栖息之地

在一次幻想中

有多少层空气被尖叫着划破？

整个的我在下降

仿佛不是朝着机场

而是朝着你的心灵俯冲过来

你是否有足够的准备

是否能够容忍

一个幻想过的灵魂

以及他呼啸的速度

1998.1.17

有 什 么 值 得 大 海 去 蓝

有什么值得大海去蓝

有什么值得大海苍老

太多的过眼烟云

包括你

包括我

有什么值得大海心痛

太多的知识

使大海充满了苦涩

也使它变得

像一个巨大的筛子

有什么值得它去蓝

有什么值得它汹涌

海水松开手指

只有遗忘，只有经过

有什么值得大海挽留

1998.3.15

献 给 一 对 无 名 恋 人

在他们安息的地方

人们并排种下两棵小树

这活着的碑文

绿得让人刻骨铭心

我猜想那纤长的根须

正在泥土中摸索着对方

就像昔日，他们的小指头

秘密而快乐地勾在一起

1998.3.25

纸　质　的　时　间

在望不到边的书架上

排列着我的记忆

看不清是书脊，还是

没被黑暗完全埋住的旋梯

这些苍老的纸质建筑中

汹涌着的只有时间

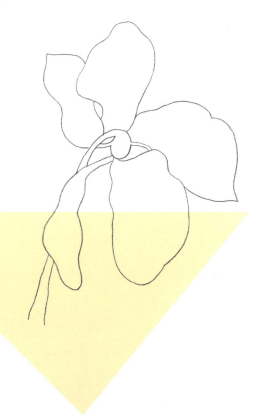

那些威严的年代，仿佛

凌乱的船队，被越冲越远

伫立在一本书的边缘

悬崖边的遥望，我看见

斑驳的身世，又薄又脆的人群

我看见的辽阔比大海更宽广

一页纸，遮住的是一座空山

打开书便有风雪扑来

从一个灵魂开始的漫长冬季

至今仍未结束

1998.3.25

玻　璃　与　顽　铁

"心碎了，他们的心碎了"

难道这样的心

是由玻璃或陶瓷构成

天哪，到处是心的碎片

谁还敢赤脚行走?

深夜里，是否有人

用胶水

小心地把自己的心粘合?

我的心可不同

仿佛一块顽铁

有东西撞来的时候

只不过发出"当"的一声

它需要的不是胶水

是挫刀，是最粗糙的砂纸

我愿意时刻将它打磨

只要世界上有另一颗心

同样坚硬

而且月亮一样发光

1998.5.27

117

卷 三

每 年 都 应 该 写 一 首 关 于 春 天 的 诗

24

/

首

古 老 的 无 处 安 放 的 心

我带着自己的心走着

它稳重、微微发光

但又有什么地方可以安放

朴实、然而时时不安的心

难道对我

已经是过于奢侈的东西

也不像明净的灯盏

可以举在手上

把身体中的阴暗照亮

或许，它只是

一根细细的火柴梗上

移动着的微弱的火焰

呵，这无可挽留的火焰

是谁，把它交到我的手里

古老的无处安放的心

就像正在冲洗的这只盘子

难道我所能做的

仅仅是揩干它的每一个缺口

年复一年

把它上面的落叶拂走

1990.4.16

用 一 生 的 时 间 看 天

用一生的时间看云

它们聚散不定

像漂浮在身边的世事

那光晕里沉默的人群

那经过纸上的

隆重的春天

我全部暗记在心

用一生的时间看天

看它一年年展开无边的明亮

又有什么可以

在其中留下

我满腔的爱与恨

都小如芥子

也许今后许多年里

我都不再歌唱

就这样看着

等着

那些破碎已久的东西

怎样在平静的傍晚到来

1990.6.27

夜　　语

　　我无法把握黑夜的本质

　　这毫无光泽的事实

　　分开了什么

　　又让什么逼近我们眼前

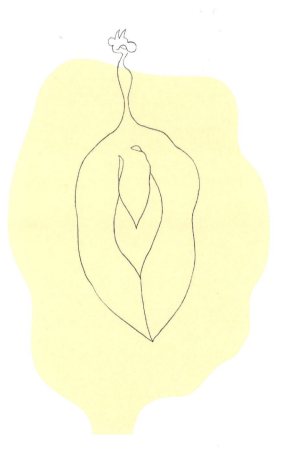

手懒懒地掠过一些渡口

灯火仿佛早年

美好的翅膀

已十分微弱

一点小念头就可以把它们扑灭

另一些细小的脚

走动在周围

时常有忽视已久的过失

被准确地塞回我们手里

我们的血液

在黑暗中滞留

从这些不曾理解的东西后面

失落的字正慢慢聚集

1990.2.12

125

雨

雨更像渐渐熄灭的爱人

从未降临的爱人

她细致的衣裙声

多年来

时时响在我的耳边

只有雨能代替我们的手指

把终生不能相见的人

抚摸

就是这样

一场雨

洗去某个名字上的泥

另一场雨毁掉一次人生

而保存完好的一场雨

坚硬如麦粒

一只不再睁开的眼睛

雨落在那边

后来被称为鸟和树叶

雨落在这边

我们叫它血液

夜晚，雨后面木质的车轮

碾过我的枕边

就是这样

我们每个人

不过是斟满雨水的杯子

但没有人知道

这些雨水曾经盛在什么样的杯中

又将在什么时候

从我们的内心溢出

1990.4.4

127

乌　鸦

哭泣的孩子穿过田野

想着一个名字

一只乌鸦在他的前面飞着

这是夏季

最简单的伤口

特别在这样安静的事物中

牵牛的孩子

怀念着的东西

纯净有如闪闪发光的白银

在夏季

飞着的乌鸦

仅仅是

一件旧事的影子

风，不要把他吹散

这样的孩子

应该小心地握在手中

被某个名字打破的孩子

应该有人收留

像捡起散落一地的坚果

并教会他辨认

爱情会躲闪的黑翅膀

1990.4.12

每 年 都 应 该 写 一 首 关 于 春 天 的 诗

每年都应该写一首关于春天的诗

当玫瑰和太阳

如同钟声

响彻身体的每一个角落

记下我们的感激和羞愧

因为有过的迟疑

我们的双手

远未深入到天地的歌唱中

应该写一首诗

从每件普通的事物中

揭露隐藏已久的光芒

当我们通过某些言辞

同古老的手无意相触

当四月的风把祖先吹过后裔的屋顶

我们又一次从坟前走过

不为哀悼

而是把它们握得更紧

我们已经明白了诚实的全部理由

我们活着就包含了

遥远的海岸和沙子

1987 春

对　话

当一个日子离开我们

我的抽屉里总会少点什么

在一个梦与另一个梦的连接处

有一块小小的石头

而你还未出现

我身上已有了被你划伤的痕迹

就像我的全部生活

是你在这世界上的一种投影

1987.2

132

演　奏

手指落下

触及体内的弦

这是一种交谈

流水一样抚弄生命

一片树叶

在窗外倾听着

这哑剧中的一个细节

忘记了自己

也是逃离死亡的

一次短暂而勇敢的飞翔

1987.9.13

133

解　　释

我喜爱下午的阳光

它明亮、温暖

像一只手搭在我的肩头

我感到快乐

理由却无从知晓

每件小事

都有一个可疑的去处

正如通过某根看不见的绳索

我们

同另一些梦幻紧紧相连

白天的缝隙里

总有一群沉默的观众

看我们走动在

他们摸过的村庄里

我感到快乐

就在此时

在我身体的某一处

有人起身推开窗子

1988.11.22

135

熟 悉 的 木 箱

我允许兄弟

把空木箱搬到阳光下

但要小心

不要碰伤了

母亲

木板做成的身体

它们装过的东西很远

松散着

在房前屋后

飘浮

这个夏天

她变得更轻

在一朵茶花上

徘徊良久

脸几乎融进空气

她变得更轻

但这不是真正的贫穷

所以我允许兄弟

趁着好天气

把空木箱搬到阳光下

让她看着

我们也会把身上松动的钉子

仔细钉好

1989.3.14

惊　奇

一些小事情

构成了活着的我

而从前的房屋和人群

已经在某种玻璃中间

现实正向那儿流去

我向所有活着的生物致敬

我停留之处

花朵、太阳

被河水冲歪的小船

都在平静地表达自己

我们深处有一种欢乐向上的东西

它使包围着生命的一切

永远令人惊奇

138

没有多余的日子

夜里我听见河上传来的歌声

不需要解释

我们

都是月亮的一部分

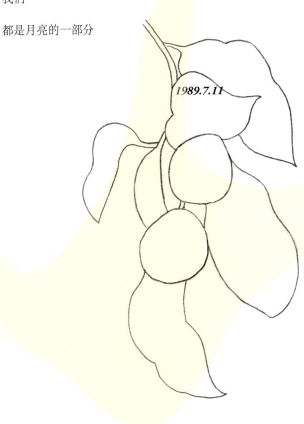

1989.7.11

清 人 金 农 的 枇 杷 图

这些美丽的果实是我的兄弟

挤破宣纸

好看的神情如今再难相遇

在枝上它们是空气，也是酒

坐在叶子中

它们用一罐甜蜜悼念自己

脆弱的肢体

难免被自己随手落下

光阴里

颜料和痛随处可见

兄弟，我们出生在哪里

走了多远

到达这些枝上

疾病的根源又在谁的手中

手指突然耀眼

我们是某个世纪点亮过的灯盏

秋天变空，因为一切正在流失

我们永难相见

只能在同一块玉中互相怀念

1988.2.28

玫　　瑰

在你手里这枝玫瑰后面

重叠着

死去多年和尚未诞生的所有玫瑰

一滴水里藏着无数口井

我们的指尖上

聚集着遥远的祖先和村落

爱

以及我们的伤和飞翔

全部被一种轻微的痛记住

唯一的爱人

你是窗打开后

越来越多的道路

你是细小的针尖

也是庞大的国家

你是冷酷的花剪

也是被剪下的这枝玫瑰中的

无边无际的温柔的玫瑰

1990.9.23

马

马跑着，从一些熟悉的名字上

踩碎二月和杯子

脸色苍白的人

伫立一旁，这样的痛心有谁倾听

黑暗的马，风暴前的马

驰过花心的马

在它们后面，生活不绝如缕

缠进旋转的轴

这是眼睛后面的夜

还是马

越伏的背擦破所有的窗

我们的对话中

它们一闪而过

但是，它们仍然无法

把经过的纸张带到终点

就像多数时候，不是怀念

而是悔恨陪着我们到达

年龄增加

而爱情已经不多

在自己的灯下摸到缰绳

只不过把另一些人心底的东西

拉得更紧

1991.2.19

放 下 精 美 的 杯 子

把诗歌埋在树下

如释重负地

把这发光的东西

埋在粗大的根须之间

放下精美的杯子

把光荣交还给语言

一个吟唱多年的人

只不过用自己的声音

反复模仿着河流和家乡

一个民间的汲水人

全部的景色压着的

一根最纤细的枝条

只不过迷上了倾听

并用眼睛的颜色

说话

一个采风者

摸着最黑暗的事物

手指上

却沾满了甜蜜的花粉

一个天籁的应和者

只不过在万物巨大的寂静中

习惯了

独自搬动心灵周围的箱子

1991.3.6

里 面 的 军 队

我熟悉他里面的钢琴

也是折叠起来的纸条

这一阵风恰好吹动它们

整个下午他不能自禁

剧烈的雨从不在外面

像一支

只能被听见的军队

古老的歌曲和脚步

在看不见的地方行进

你是否倾听过

这样的落叶和哭泣

整个下午

在所有被打击着的事物中

他的手在内心稳住花朵

148

每天我都看见了这个侧影

每天我都看见了同样的努力

我熟悉他里面的军队

这个诗人也是另一个诗人

甚至所有诗人

1991.3.8

149

写 字 的 孩 子

孩子还在守着方格

一个陌生的字

像即将到来的遭遇

落到他的头上

一个字

是风还是你的手

把它里面的叶子翻动

藏好了黑夜

温柔地

把微小的撕裂中止

它也许是大道

也许是其他的事情

我们走在上面

把周围的一切倾听

是谁

在它后面制造着雾

又是谁

在上面终生汲水

一个字

我抚摸你的时候

无意中

把它里面的积雪触动

多年之后

孩子在空格边守着它

看天的孩子

在一张美好的糖纸下面

这个字是一所学校

耐心地把他完成

1991.3.31

151

一 本 书 就 能 使 我 飞 过 死 亡

一本书就能使我飞过死亡

看云的人此刻看见了蜜蜂的翅膀

那是因为朗诵时我比乐曲更轻

比河水的反光

更容易飞过自己的身体

这难道还不算奇迹

一次遥远而偶然的书写

使不同的春天像一排轻轻碰击的杯子

美妙的连环

把银质的颤动递到我的手心

生活会以多快的速度

穿过身上的裂缝

假如从未有过述说

我们将如何肯定自己

很多时候，好像我仅仅等着一句话

它一经说出

就会比车船更迅速地带我去远方

1991.8.7

歌 ： 光 与 影

白天收容的一切

夜晚仍在我的身边发光

像看不见的河水

也像伸展着的旋梯

那些忽略了的路口，重新出现

更加幽深而神秘

在另一处生活中

是否会有同样的怀念和悔意

我怀疑一本书

是否足以描述世界

假如另一本

彻底相反，却仍然对应我们的情感

纸的背面

怎样的城市和人群

在劳动的间隙把这边猜想

无论多么遥远

肯定有什么把我们相连

如果是两面对视的镜子

我手里事物的裂缝中

就会有同样苍白的手

指尖碰着指尖

一只苹果的光与影

断裂与返回，天堂与地狱

我们在这个世界行走

翅膀却留在另一个世界里

1992.1.25

箴　言

白天我伏案写作

风吹得面前的纸张乱飞

另一个城市的人

看见了我的翅膀

夜晚却睡得小心

不敢轻易翻身

我怕惊动了

梦下面庞大的鸦群

1992.4.15

疼　　痛　　的　　琴

值得用疼痛来记住的只有春天

当我试图重新穿上故乡

值得说出就只有撕裂

是什么使它们如倒下的马匹

又是什么使它们成为烈火中幸存的琴

轻柔的琴声

正使窗内的一切漂浮起来

因此我写出的

都有着看不见的伤和缝合

最大的风

也无法把这些汉字吹空

冬天我枕着它们瘦小的骨头

感到了在心里遥远的深处

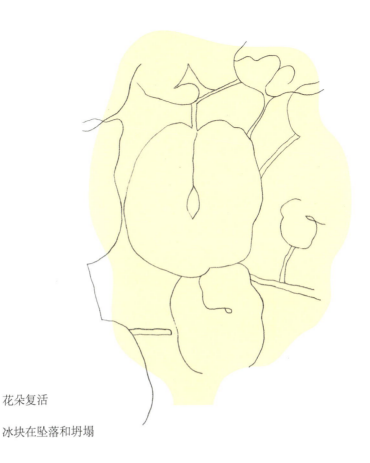

花朵复活

冰块在坠落和坍塌

好比从一口生病的井中

鸟儿在相继飞出

我在一点一点变轻

虽然已没有什么可以用来鸣叫

1992

我

我知道自己的狭窄

像一条深深的裂缝

而且又有太多的词和石块

把它塞满

但愿也有些时候

更高的天空

仅仅透过这条裂缝

向你们洒下光亮

我用平静的小诗

把自己的怀疑遮掩

却不能阻止周围的夜色

把它的颜色越染越深

在内心积累已久的东西

一经说出便面目全非

那些漆黑的小眼睛

在我的沉默里却眨个不停

白天忽略的

夜晚必定和我同床而眠

就像记忆中失落的亲人

变得很小

仍然围坐在我梦的瓷瓶壁上

我的寂寞无处托付

我的幸福总像过错

我把世故反复演习

自己的所有窗子

又全部安装在

一只蝴蝶的翅膀上

1992

161

从 一 首 过 时 的 歌 中 醒 来

从一首过时的歌中醒来

我的心里有一点荒凉

像一个水塘，送别了所有飞鸟

曾经鼓励过我的一切东西

都在内心逐渐下沉

但是，至少还有焚烧不尽的文字

把火光映到我的脸上

是的，那是一支

在黑暗中闪耀着的车队

穿过寂寥的人间，运载着

从那些做梦的身子上

采摘下来的花朵

车队走上山岗

比秋天的雨更轻悄，更持久

车轮碰着我的骨头

我喜欢这声音

有一点尖锐、一点疼痛

把众多朴实的耳朵

吸到它们的周围

从一首过时的歌中醒来

心里有一点荒凉

但是仍然听得见告别和进军

在我的喃喃独语中

声音的车队正在渡河

运载花朵的车队

也把我的心跳

带向了更加遥远的地方

1992.8.11

看 不 见 的 奔 跑 者

马群奔跑在城市的缝隙里

看不见的马群

穿过了工厂和会场

奔跑着，有时在我们头顶

有时在灯下刚铺开的纸上

虽然不断增加的机器

使它们栖身之处

越来越窄

但在怀疑中倦怠的我

仍然时常被什么狠狠踢中

使我又疼痛又清醒

古老的奔跑者

夜晚，并不仅仅安睡在

我们黑暗的身上

它们也在沙发和电视机之间散着步

啃食着

我们这些编织篱笆的人

白昼未能彻底清除掉的青草

1992.8.12

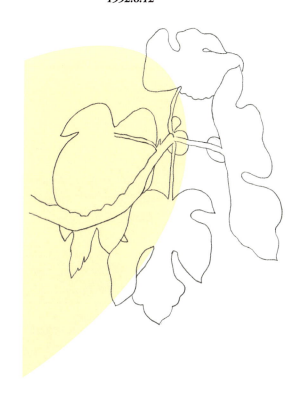

图书在版编目(CIP)数据

我想和你虚度时光 / 李元胜著. --重庆：重庆大
学出版社，2015.9（2023.7重印）
ISBN 978-7-5624-9310-5

Ⅰ.①我… Ⅱ.①李… Ⅲ.①诗集—中国—当代
Ⅳ.①I227

中国版本图书馆CIP数据核字（2015）第154267号

我想和你虚度时光
woxiang heni xudu shiguang

李元胜 著

责任编辑：陈晓阳 张 维
责任校对：刘雯娜
装帧设计：任凌云

重庆大学出版社出版发行
出版人：饶帮华
社址：（401331）重庆市沙坪坝区大学城西路21号
网址：http://www.cqup.com.cn
印刷：天津图文方嘉印刷有限公司

开本：889mm×1194mm 1/32 印张：5.75 字数：36千字
2015年9月第1版 2023年7月第8次印刷
ISBN 978-7-5624-9310-5 定价：49.00元

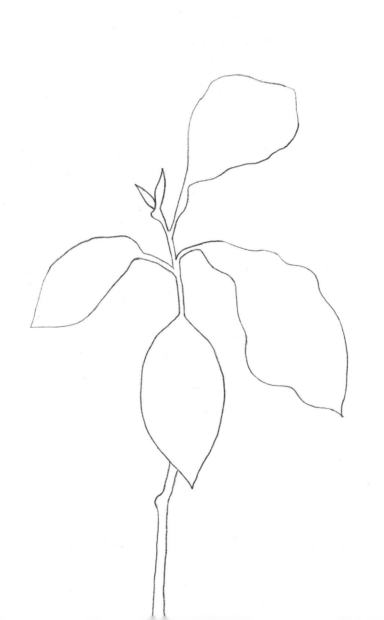